# Les animaux de l'Antarctique

## Melvin et Gilda Berger

Texte français d'Alexandra Martin-Roche

Éditions
SCHOLASTIC

Catalogage avant publication de Bibliothèque et Archives Canada

Berger, Melvin

Les animaux de l'Antarctique / Melvin et Gilda Berger ; texte français d'Alexandra Martin-Roche.

(Lire et découvrir)
Traduction de: Antarctic animals.
Pour les 4 à 6 ans.
ISBN 978-0-545-98280-1

1. Animaux--Antarctique--Ouvrages pour la jeunesse.
2. Zoologie--Antarctique--Ouvrages pour la jeunesse.
I. Berger, Gilda II. Martin-Roche, Alexandra III. Titre. IV. Collection: Lire et découvrir

QL106.B4714 2010      j591.998'9      C2009-904528-1

Photographies : Couverture : Fritz Polking / Dembinsky Photo Assoc. (DPA); p. 1 : Rod Planck / DPA; p. 3 : Mark J. Thomas / DPA; p. 4 : Bryan & Cherry Alexander / arcticphoto.co.uk; p. 5 : Johnny Johnson / Stone / Getty Images; p. 6 : John Shaw / Bruce Coleman Inc.; p. 7 : Des Bartlett / Bruce Coleman Inc.; p. 8 : John Hyde / Bruce Coleman Inc.; p. 9 : Marilyn Kazmers / DPA; p. 10 : John Shaw / Bruce Coleman Inc.; p. 11 Norbert Wu / Minden Pictures; p. 12 : Rod Planck / DPA; p. 13 : Frans Lanting / Minden Pictures; p. 14 : Rod Planck / DPA; p. 15 : Erwin & Peggy Bauer / Bruce Coleman Inc.; p. 16 : Fritz Polking / DPA.

Recherche de photos : Sarah Longacre

Édition publiée par les Éditions Scholastic, 604, rue King Ouest, Toronto (Ontario)  M5V 1E1

5 4 3 2 1      Imprimé au Canada 120      10 11 12 13 14

Les animaux de l'Antarctique
vivent près du pôle Sud.

**Info-Antarctique**

Les manchots sont des oiseaux qui ne peuvent pas voler.

# Les manchots vivent dans l'Antarctique.

Ils nagent dans la mer.

**Info-Antarctique**

Certains manchots sont aussi grands qu'un enfant de 7 ans.

# Les manchots marchent sur la glace.

Ils pondent leurs œufs
sur le sol.

**Info-Antarctique**

Les épaulards mangent des phoques
et des manchots.

# Des baleines vivent dans l'Antarctique.

Elles respirent de l'air.

Des phoques vivent dans
l'Antarctique.

Ils nagent très vite.

Les skuas vivent dans
l'Antarctique.

Ils mangent les œufs
des pingouins.

Des albatros vivent dans l'Antarctique.

**Info-Antarctique**

Les albatros peuvent voler pendant des jours sans s'arrêter pour se reposer.

Ils se nourrissent des poissons de la mer.

Aimerais-tu visiter l'Antarctique?